# CRITIQUE

## LITTÉRAIRE,

# DE LA
# CRITIQUE
# LITTÉRAIRE,

EXERCÉE SURTOUT PAR LES JOURNALISTES;

PAR MAILLET-LACOSTE,

DE SAINT-DOMINGUE,

*Ancien Elève de l'Ecole Polytechnique; ancien Professeur de Rhétorique au Lycée de Nice.*

PRIX : 1 fr. 50 c.

A MARSEILLE,

De l'Imprimerie de Joseph-François ACHARD, au boulevard du Musée.

M DCCC XV.

SE VEND :

À Paris, chez Le Normant, Imprimeur-Libraire, rue de Seine, n.° 8.

À Marseille, chez Jean Mossy, Imprimeur-Libraire, à la Cannebière.

# DISCOURS

*Sur les avantages et sur les inconvéniens de la Critique littéraire, sujet proposé par l'Institut.*

---

Ce Discours, dont plusieurs fragmens ont été publiés, pour la première fois, à Marseille, au mois de septembre 1814, est postérieur au concours, fini le premier janvier 1814.

---

Pénétrée du sentiment douloureux, que doit produire la vue des obstacles, qui se présentent au devant du génie, une Assemblée, bien digne d'en être l'organe, a jeté un regard sur ce tribunal élevé à côté d'elle pour juger les titres à la gloire littéraire. Trop grande pour chercher ailleurs que dans ses travaux un rempart contre la critique; trop éclairée pour ne pas lui reconnaître quelques avantages, même lorsqu'elle s'égare, et quelques inconvéniens, même lorsqu'elle est juste, elle a voulu, non la combattre, mais la juger, et, par un appel fait à tous les talens, provoquer un nouvel ouvrage, qui devint, pour la littérature, un nouveau trésor, comme il pouvait devenir, pour la critique elle-même, une occasion plus éclatante de faire ressortir et ses avantages et ses inconvéniens.

Je viens après le combat; et, quels que soient mes succès, sans doute que j'envierai toujours le sort de ce jeune vainqueur, dont le triomphe est devenu celui des lettres elles-mêmes, dans ce jour mémorable où il a vu de si grands princes s'efforçant d'éclipser la majesté de leur rang, pour ne laisser briller que sa gloire (1). Mais, outre que cette carrière, où l'on cherche la vérité, reste éternellement ouverte à tous les concurrens, qui dès-lors, en se disputant la palme, doivent se voir sous les yeux, non plus d'une assemblée, mais de toutes les générations; la question, que j'entreprends aujourd'hui de résoudre, s'est présentée à moi avec une telle grandeur, que j'ai jugé impossible de la traiter dignement, dans les jours de notre servitude. C'est à cette époque heureuse, où un grand peuple a retrouvé

---

(1) Ce trait est relatif à la séance académique, où M. Vilmain, auteur d'un Discours sur le même sujet, fut couronné, en présence de l'Empereur de Russie, de l'Empereur d'Allemagne et du Roi de Prusse, qui étaient venus à l'assemblée, sans appareil.

sa liberté avec ses Rois ( 1 ); où rien n'a pu enchaîner nos pensées que ces convenances sacrées qui les embellissent, c'est alors qu'il m'a semblé recevoir, dans une inspiration irrésistible, l'ordre de commencer.

Si quelque chose au monde doit se présenter avec tous les attributs de l'indépendance, c'est le rôle du critique, disons mieux, de l'homme de lettres en général. Que dans ce système, où il existe, on ne lui oppose pas des prétentions qui ne peuvent avoir lieu que dans un autre. La république des lettres a dû échapper aux

( 1 ) [ *Note faite en septembre* 1815 ]. L'histoire des nations n'offre rien de comparable au phénomène de cette liberté française, d'abord flétrie dans les malheureux essais d'une république, rêve de quelques âmes honnêtes, prétexte de quelques monstres; bientôt après détruite par l'homme qui n'avait semblé vaincre que pour elle, et qui, sans doute aussi, avait un peu vaincu par elle; reparaissant d'une manière imposante, avec la dynastie même proscrite en son nom; une seconde fois détruite, dans ce pacte monstrueux entre le despotisme et l'anarchie qui feignaient de s'unir; une seconde fois reproduite, au milieu d'un appareil de forces étrangères ordinairement employé à la détruire, dans cet événement, que nous pourrions appeler le pacte entre un grand prince, sans cesse tourmenté du besoin de pardonner, et un grand peuple fatigué enfin du scandale des révolutions : accord sublime, où l'on ne peut pas même dire, à l'égard de la majorité de ce peuple, qu'aux larmes de joie se soient mêlées celles du repentir, puisqu'au moment même où le prince et cette majorité de son peuple, semblaient armés l'un contre l'autre, ils ne voyaient leurs ennemis que dans ceux qui les avaient séparés.

lois de la société sur les prééminences. L'homme est dans cette république par les facultés de l'esprit, ce qu'il est dans l'état sauvage par les facultés du corps. Il ne voit autour de lui ni sénat, ni prince. Tout ce qui n'est pas doué des qualités éminentes de l'esprit est peuple à ses yeux. Si, dans ses pressantes attaques, il paraît blesser quelques convenances, il s'absout par la victoire. Dans ce perpétuel conflit, l'empire est au plus digne. Il en est comme de cet autel mystérieux, dont le sacrificateur devait, sans cesse, disputer ses droits au premier rival, qui se présentait pour le combattre. Et il est heureux qu'au milieu des distinctions nécessaires de l'ordre social, se maintienne cet ordre de choses, où chacun ne peut plus se distinguer que par ses qualités personnelles. La critique est donc le droit de tous. Ne doit-elle pas être de plus envisagée comme le premier besoin des lettres? En supposant même que des génies supérieurs ne manquent jamais à un peuple, deux causes de décadence menaceront toujours sa littérature: l'indocilité de l'esprit de l'homme impatient de secouer le joug des règles, et la nature des obstacles que le grand écrivain est forcé de vaincre à son début; c'est-à-dire, que nous devons craindre que des ouvrages bizarres ne prospèrent, et que des chefs-d'œuvre ne puissent parvenir à se faire connaître. Pour échapper à ce désordre des talens restés dans l'obscurité, et des innovations où les talens-mêmes seraient funestes, des âmes généreuses et des esprits réfléchis, tout ensemble, ont dû soupirer après l'établissement d'une critique régulière, qui mît autant de soin à faire connaître le grand écrivain, qu'il a pu en mettre à se rendre digne d'être connu; qui, pour mieux remplir ce noble projet de faire apprécier les vrais chefs-d'œuvre, se hatât de nous dévoiler ces fautes subtiles où pourrait échouer notre goût, et enlevât au génie, qui s'égare, ce prestige avec lequel il pourrait égarer la foule.

Mais cette critique, qui est légitime, lorsque sa puissance n'est fondée que sur les talens de l'esprit; qui peut être éminemment utile, lorsqu'elle s'attache à les faire ressortir dans les autres, devient évidemment une usurpation, lorsqu'elle refuse aux auteurs la faculté de se faire entendre dans cette feuille publique où elle les juge, et, dans cette supposition surtout, peut devenir une grande calamité, lorsqu'elle rassemble en elle-même les vices qu'elle devrait combattre. Observons-la d'abord dans cet état même d'usurpation, qui, comme tant d'autres, peut se légitimer par un noble usage de la puissance. Ce sera l'observer dans toute l'énergie de ses moyens pour le bien comme pour le mal. Ce sera dès-lors disposer les esprits à mieux apprécier son influence, dans tous les états où elle pourrait s'offrir. Et, pour établir un ensemble qui embrasse tout, dans ce système où nous allons entrer, imaginons un point de perfection qui devienne notre terme de départ. C'est-à-dire, dans cette institution de la critique, telle qu'elle existe réellement de nos jours, essayons de concevoir un grand critique tel qu'il pourrait exister.

Supposons donc, dans l'homme chargé d'un tel ministère, une tête ferme, qui n'attende pas l'opinion d'autrui, pour en avoir une; une patience que ne puissent lasser les attentions scrupuleuses de cet examen préliminaire, aussi pénible souvent pour les hommes d'un esprit délicat, que pour les hommes sans esprit; cette belle disposition d'une âme, qui aime à présumer le talent, comme des juges humains aiment à présumer l'innocence; et, afin qu'il puisse captiver tant de lecteurs, que pourrait effaroucher la raison sans parure, supposons lui, en outre, quelques-unes de ces qualités brillantes qu'il doit juger dans les autres; qualités, d'ailleurs, qu'il est difficile de bien juger, si on ne les a soi-même; en sorte que, dans les momens-mêmes où il est condamné à la gravité, on voie en lui, non la faiblesse qui se traîne, mais la force qui se modère ; non cette lenteur qui, en s'accélérant, deviendrait maladresse, mais cette vivacité qui, en se réprimant, devient la grâce. Voilà le critique distingué, tel que nous pouvons le concevoir ; l'homme vraiment digne de poser, sur la tête de l'orateur ou du poëte, cette couronne qu'il pourrait mériter lui-même. Suivons-le dans ses travaux.

Le génie, à son début surtout, au milieu de l'indifférence du grand nombre, doit craindre et ces esprits étroits qui ne peuvent pas l'apprécier, et ces âmes jalouses qui ne veulent pas l'honorer ; de sorte qu'à l'entrée de cette belle carrière des lettres, nous pouvons nous figurer comme deux monstres toujours prêts à étouffer tout ce qui peut briller un jour, la sottise et l'envie. Toujours armé pour les combattre, le grand critique se hâte d'éclairer, de subjuguer tous ces hommes inattentifs ou superbes, qui, dans l'écrivain nouveau, prendraient le sublime pour de l'emphase, tandis que, dans le grand écrivain depuis longtems connu, ils prendraient l'emphase pour le sublime ; qui ne jugent pas de l'auteur par l'ouvrage, mais qui jugent de l'ouvrage par je ne sais quelle idée confuse qu'ils se sont d'avance formée de l'auteur. Comme ils savent que le vrai talent est rare, ils craignent de s'aventurer et dans des lectures qui seraient pour eux sans plaisir, et dans des éloges qui ne seraient pas pour eux sans honte. Ils sont peut-être retenus encore par ce sentiment secret, qui fait que l'on s'oppose aux dominations nouvelles. Et voilà comme, enchaînés tout ensemble par leur paresse, par leurs préventions, par leur orgueil, ils se retranchent obstinément dans l'indifférence, pour tous les écrivains qui osent se présenter à la suite de ce petit nombre qu'on révère.

Attentif à réprimer cette disposition d'esprit, qui fait que, relativement aux écrivains nouveaux, nous résistons en quelque sorte à l'admiration, notre critique se garde bien dès-lors de repousser avec dédain tous ces hommes qui, en littérature, veulent se distinguer du peuple, et qui forment eux-mêmes un peuple si nombreux. S'il finit par les juger avec sévérité, il commence par les envisager avec respect, parce que, comme cette cité célèbre qui réservait un autel pour le Dieu inconnu, il aime à croire que, parmi tant d'écrivains qu'il ne connaît pas, il s'en trouve peut-être quelques-uns plus dignes de ses hommages que tous ceux qu'il honore. Se condamnant donc à des lectures fastidieuses, pour ne nous en procurer que d'agréables, il peut se comparer à ces hommes qui, pour arriver à quelques parcelles d'or, s'imposent les travaux les plus durs, dans les profondeurs les plus sombres.

Heureusement pour la littérature et pour lui, si cette même disette de talens, qui rend sa tâche pénible, la rend nécessaire ; par son ardeur à l'exécuter, il la rend bientôt plus facile. En immolant, dès l'abord, tant d'écrivains médiocres, au dieu du goût, dont ils allaient profaner l'autel, il imprime une terreur salutaire à tant d'autres qui allaient les suivre. Toute cette foule s'éclaircit, se dissipe devant lui, pour laisser la place libre au vrai talent, trop souvent caché derrière elle. Et, comme sa maxime est de faire le plus grand bien possible à la littérature, en fesant le moins de mal possible au littérateur, on se soumet généralement, sans murmure, aux décisions de l'homme qui a prononcé sans colère. Tandis qu'il parvient à ce résultat si rare, de ne pas se faire haïr de la médiocrité qu'il condamne, quelle tendre vénération n'éprouve pas, pour lui, cette âme jeune et vive, dont il a pressenti ou développé le talent, et prédit ou hâté la gloire! Elle l'aimera, sans doute, comme la gloire elle-même. Or, si l'amitié est un trésor, quelle magnifique position que celle de l'homme qui peut, dès l'abord, lever un tel tribut, sur les esprits les plus distingués de son siècle! Sans doute, qu'en parlant des avantages qu'il doit procurer aux lettres, je ne pouvais oublier cet avantage si précieux, qu'il doit recueillir pour lui-même. Un tel résultat devait, en quelque sorte, reluire dans ce discours, de même qu'à côté de la vertu doit briller sa récompense.

Si au milieu de tant d'amours-propres, toujours prêts à s'enflammer, il sent qu'il exerce une des magistratures les plus délicates ; au milieu de ces esprits toujours disposés aux plus violens écarts, il sent qu'il en exerce une des plus imposantes. Dans le premier cas, il est plus prompt à s'allarmer qu'à s'énorgueillir de son pouvoir. Dans le second, il en use avec la fermeté que déploierait un sénat inébranlable, dans une république orageuse. Ainsi, à la vue de cette foule d'ouvrages, qui sont journellement le supplice de son goût, faisant de perpétuels efforts pour qu'ils ne deviennent pas les écueils du nôtre, il s'attache sans cesse à épargner, à son siècle, le scandale de ces admirations pour les productions les plus bizarres ; scandale qui devient la honte de la littérature d'un peuple, et qui, à force de se répéter, finit par en être la ruine.

Malgré sa noble résistance, de fausses doctrines, des réputations usurpées peuvent prévaloir de loin en loin. Mais, à la lumière du flambeau qu'il fait incessamment briller sur la littérature entière, tout est bientôt envisagé sous son vrai jour. Ces esprits audacieux qui croyaient déguiser leur faiblesse, par la violence de leurs écarts, sont bientôt proscrits comme des téméraires, comme des sacriléges; et cette multitude, momentanément séduite, revient, avec une sorte de vénération religieuse, vers ces antiques modèles, dont la simplicité est si magnifique et la sévérité si attrayante.

Quelle que soit la grandeur des attributions de son ministère, il n'a pas l'orgueil de donner ses décisions comme une loi. Sur ces points délicats, surtout, où les meilleurs esprits se partagent, le public est, à ses yeux, le vrai souverain. Mais, dans ces momens d'effervescence que déterminent presque toujours de grands événemens littéraires, il voit comme un interrègne, où il doit lui-même ressaisir la puissance. Il s'efforce alors d'exercer, sur le public ému ou encore trop peu instruit, cet ascendant que le public, enfin, plus éclairé et plus calme, doit reprendre sur lui-même. Ainsi s'opère, comme un flux et reflux du pouvoir entre lui et ce public, dont il est tour-à-tour l'adversaire et l'organe.

Au lieu du goût, est-ce la morale que l'on ose attaquer sous ses yeux? Se présente-t-il, devant lui, quelques-uns de ces écrivains qui cherchent des lecteurs à force de scandale? A l'instant, je ne sais quoi de brusque et de hautain se manifeste dans cette âme si paisible. Sa voix a tonné comme un cri de guerre, et tout le bataillon sacré des hommes de bien s'est rallié, s'est pressé autour de lui. Dans l'imposante attitude de l'homme, qui croit tenir son ministère de la société-même, il perce de tous les traits du ridicule, il écrase de tout le poids du génie ces insensés, qui, pour faire parler d'eux, osent ébranler l'édifice-même qui les protège. Hors de ces circonstances éclatantes, comme le guerrier revenu du combat, il ramène la sérénité sur son front, et, malgré les reproches de quelques hommes trop ardens, qui déforment leur vertu par l'humeur, et appauvrissent leur littérature par l'intolérance, je le vois dérobant sa belle âme à la tyrannie d'un système, au supplice de haïr; tenant à toutes les opinions par ce qu'elles ont de noble et d'élevé; applaudissant, avec un égal transport, aux prodiges qu'ont pu opérer et l'honneur des monarchies et l'enthousiasme des républiques; donnant tour-à-tour des larmes aux infortunes des illustres personnages et à la liberté mourante; se livrant, avec charme, aux inspirations que doit produire en nous cette idée auguste du grand Être, et croyant encore aux vertus de celui qui a pu se refuser à ce dogme consolateur, principe des plus hautes vertus. Quels que soient les ouvrages que doive juger un homme doué d'un cœur aussi aimant, d'un esprit aussi flexible, il est rare que ses systèmes particuliers dérobent à son goût les beautés qui ont pu naître dans des systèmes tout contraires. Si quelquefois il s'égare, ce seront de ces aimables erreurs d'une imagination qui embellit tout de sa lumière, d'une âme pénétrante, expansive, qui, fesant rougir les autres de lui ressembler si peu, produit en elles la vertu, à force d'y croire.

Rapprochons de nous-mêmes ce sublime modèle. N'y voyons plus qu'un homme qui, au lieu de combattre l'injustice, en devienne l'organe. Comme, sous un ciel qui s'obscurcit, la vue s'attache aux restes d'azur qui peuvent briller encore, de même, dans cette dégradation du tableau de la critique que j'ai d'abord offert, mon esprit, constamment dirigé vers les avantages qui fuyent, va s'efforcer, un instant, de se dissimuler les inconvéniens qui s'accumulent, réservant pour un second tableau ces inconvéniens eux-mêmes.

Il faut des passions pour l'éloquence; et la critique, dans son acharnement, les éveille. De même qu'elle tend à donner de la rectitude aux esprits, lorsqu'elle ne veut que les éclairer, de même elle peut leur imprimer de la vigueur, lorsqu'elle les outrage. C'est alors que l'on voit de ces répliques véhémentes, de ces explosions du génie qui s'indigne. Ce reptile, qui s'attache au lion, le fait rugir. La littérature offre alors comme une guerre, où se développent des talens qui seraient restés inconnus dans le calme. Trop souvent la paresse du grand écrivain est plus forte que son amour-propre. Dans ces momens d'une attaque imprévue, où tous les regards sont dirigés sur lui, son amour-propre devient plus fort que sa paresse. Il évite les moindres fautes, parce qu'il se voit sous les yeux d'un ennemi, qui voudrait trouver des fautes dans ses beautés-mêmes. Il est mené, en soupirant, à de nouveaux chefs-d'œuvre; et il bénit enfin cette censure importune, qui l'a préservé des séductions de la prospérité; qui, en voulant étouffer sa gloire, l'a augmentée. Ainsi, au moment-même où la critique se déshonore, elle peut forcer le grand écrivain à s'honorer davantage.

Avant de m'engager plus loin, dans une discussion qui ne peut plus être que douloureuse pour moi, puisqu'elle doit paraître une satire de notre humanité, j'aime à le reconnaître. L'homme qui veut aujourd'hui relever les inconvéniens de la critique, se trouve, à quelques égards, dans la même position que celui qui aurait à faire, sous un bon prince, l'histoire d'un tyran. Cette critique, faible, parmi nous, dans la splendeur des lettres, s'est perfectionnée dans leur déclin, et, peut-être, par une suite de leur déclin-même, comme on voit l'art de guérir prospérer, à mesure que les maladies se multiplient. On pourrait même lui reprocher d'avoir passé le but, à force d'esprit et d'art, lorsque, portant dans un genre les prétentions d'un autre, elle semble plutôt chercher à éclipser les auteurs qu'à les juger. Il est vrai que le lecteur, séduit par cette pompe dont elle s'entoure, devient volontiers son complice. Plusieurs de nos critiques doivent, en effet, nous trouver indulgens, lorsque le même talent qui les égare, les absout; surtout, si l'on considère que, dans tous les tems, parmi les ouvrages qui paraissent, c'est le bien petit nombre qui mérite de paraître. Alors, il est heureux qu'un écrivain distingué ait pris l'engagement de publier ses idées, toutes les fois que tant d'écrivains médiocres osent publier les leurs; qu'il fasse plutôt usage de son imagination pour produire un bel ouvrage, que de son goût pour en critiquer un mauvais; comme s'il se chargeait de payer au public la dette de l'auteur. Il en résulte que la plupart des lecteurs, indifférens pour les productions nouvelles, n'y voient que l'occasion de quelqu'article piquant; en sorte qu'ils seraient tentés de remercier l'auteur, non pas de l'ouvrage qu'il fait, mais de celui qu'il fait faire. Ici, je ne parlerai point de ces deux écrivains (1) si

(1) MM. de Bonald et de Chateaubriand.

remarquables tout ensemble par l'élévation et par l'opposition de leurs talens (1), qui, descendus de ces régions élevées, où ils étaient faits pour briller toujours, ont voulu momentanément se renfermer dans cette sphère inférieure de la critique, pour échapper peut-être aux foudres du despotisme, et qui, entraînés par leur indomptable énergie, étaient comme reportés, à leur insçu, à ces mêmes hauteurs d'où ils le menaçaient encore (2). Dans ce genre, qui n'était pas le leur, ils ont plutôt abandonné que disputé la palme à trois hommes entourés d'un grand nombre de rivaux dignes d'eux. Le premier (3) avec de la grâce, mais sans l'enjouement, s'est distingué surtout par la force, et paraît appartenir à la classe des orateurs. Le second (4) avec de la grâce encore, mais sans la force, s'est distingué surtout par l'enjouement, et mériterait une place parmi ces comiques légers, qui brillent dans les nuances. Quant au troisième (5), avec moins d'éclat que le premier, avec moins d'aménité que

---

(1) *Pares magis quàm similes.* Quint.

(2) Qu'on se rappelle un magnifique article de Mr. de Chateaubriand, dans le Mercure, et un autre de Mr. de Bonald, dans la Gazette de France.

(3) Mr. Dussault.

(4) Mr. de Feletz.

(5) Geoffroi.

le second, il a déployé une souplesse de talent et une fécondité d'imagination, qui en fesaient le plus heureux imitateur de l'écrivain (1) dont il était le plus ardent ennemi : homme prodigieux, qui, opposant à la vieillesse un front rebelle, trouvait, à l'instant marqué, son esprit toujours prêt ; fesant sourire les plus sérieux, fesant penser les plus frivoles. Tandis que, sous le règne de ce redoutable critique, des hommes de lettres, critiques eux-mêmes, criaient à la tyrannie ; sous le charme de ce génie aimable, des hommes du monde, enlevés, un instant, à leurs souffrances, se plaisaient à reconnaître que, s'il avait le tort de flatter une autre tyrannie bien plus cruelle, il avait l'art de nous en consoler, autant du moins que le prestige de l'imagination peut distraire de la réalité. Dénué, en effet, de ce caractère de grandeur, qui, même dans les ouvrages purement littéraires, effarouchera toujours les princes ennemis de la liberté des peuples, parce que toute pensée qui élève les âmes, paraît une conspiration contre le despotisme qui les dégrade, il semblait éminemment fait, pour être l'écrivain d'une nation ingénieuse, légère et tyrannisée.

Que dans ce ministère de la censure litté-

---

(1) Voltaire.

raire, disposant souverainement d'une feuille publique, on me garantisse une succession d'hommes, qui, aux qualités de l'esprit si remarquables dans ces trois écrivains, réunissent l'empressement à les faire connaître dans les autres; et, comme, entre les mains d'un grand prince, la monarchie même absolue doit trouver grâce devant le républicain le plus rigide, de même toute cette critique de nos journaux deviendrait, à mes yeux, le plus souvent du moins, un bienfait pour les lettres, en même tems qu'elle en serait une des parties les plus brillantes. Or, après cet éloge de la critique qui règne de nos jours, voyons, si nous devons présumer qu'elle se soutienne dans tous les siècles, d'une manière aussi imposante. Voyons d'abord, si nous ne devons pas désespérer de trouver souvent en elle cette noble disposition à faire briller le talent d'autrui; disposition, qui est, néanmoins, son premier devoir, et dont je l'accuse de ne pas nous donner aujourd'hui même d'assez fréquens exemples. Je me représente un navigateur, emporté loin d'un beau rivage, que son imagination a pu parer encore; je me le représente jeté enfin parmi des écueils, sous un ciel, qui, s'enveloppant tout entier à ses yeux, gronde déjà dans le lointain. Telle est maintenant ma position. Osons, toutefois, pénétrer plus avant, suivant une marche opposée à celle des poëtes, qui, dans leurs descriptions des enfers, commencent par les lieux de douleur et finissent par l'élysée.

Ce critique, qui, dans un journal, se charge de prononcer sur les auteurs, est déjà auteur lui-même, ne fût-ce que comme critique. Dès-lors, il est juge intéressé; dès-lors, on peut craindre que la passion ne l'égare, comme l'ignorance pourrait égarer le vulgaire. Ici, je suis forcé de dévoiler une des grandes plaies de la littérature dans tous les siècles. Cette restriction, qu'un grand capitaine mettait à la justice pour un trône; qu'une jeunesse impétueuse met souvent à l'honneur même pour les plaisirs; les littérateurs la mettent trop souvent aussi à l'amitié même pour la gloire. Si nous en trouvons, parmi eux, qui aillent jusqu'à louer, sans réserve, les succès de l'étranger, de l'ennemi, dont la réputation pourrait éclipser la leur, nous devons leur savoir gré d'un tel éloge comme de l'effort le plus pénible. A force de s'affermir dans cette magnanime conduite, ils voudraient s'étourdir sur ce sentiment trop naturel, qui tend à les en écarter sans cesse. Poursuivis, dans leurs plus beaux élans, par ce sentiment importun, qui les humilie si fort, à leurs yeux, ils voudraient, en dégager cette noble passion de la gloire, comme l'or de son alliage; de sorte que l'on pourrait ici soupçonner leur défaut par leur vertu. Ames généreuses, ne me reprochez point de révéler votre secret. C'est celui de la faiblesse humaine ; et c'est en la combattant que vous vous montrez divines.

Ce tribunal de la critique sera donc bien moins un refuge pour le talent qu'un trône pour l'envie. Et, ce qui doit rendre ce résultat plus désastreux, c'est que rarement le monstre y paraîtra sous ses vraies couleurs. C'est ici que l'on peut dire que le méchant emploie plus d'efforts à feindre le bien que l'homme vertueux à le faire. Ainsi, cette âme jalouse, pour qui le dernier supplice est de louer, louera quelquefois; mais ce sera; ou le grand écrivain, déjà connu, contre lequel elle pourrait bien peu par ses censures, ou un écrivain, d'un ordre peu élevé, pour lequel elle peut encore moins par ses éloges. Et elle voudra paraître avoir été entraînée, dans le premier cas, par l'enthousiasme, dans le second, par un peu de complaisance ; afin de donner une idée avantageuse, tout ensemble, de son goût et de sa modération. Forte de l'ascendant qu'elle obtient par une telle adresse, elle en profite pour mieux accabler le grand écrivain qui ne s'est pas encore fait connaître. Ou, s'il ne s'offre point, pour le présent, de génie naissant à étouffer ; après les solennels éloges qu'elle décerne à ces grands hommes, qui n'ont plus besoin de nos éloges, elle recherche, comme sa proie, ces tristes écrivains dont les fautes ne sauraient être contagieuses : elle les recherche pour les immoler bien plus à sa vanité, qu'au bon goût; et c'est ainsi qu'elle trouve l'art d'être vraie, sans être utile, et dans ses éloges et dans ses censures.

Eh! en écartant même cette passion de l'envie, quel héroïsme ne faudrait-il pas dans un critique, pour examiner, avec les scrupules d'un juge, cette foule de productions nouvelles, qui viennent incessamment se disputer ses regards! La répugnance qui nous éloigne de la lecture d'un écrivain sans nom, devient bien plus vive, lorsque cette lecture se présente comme une sorte de devoir, et comme un devoir de tous les jours. Or, existe-t-il beaucoup d'hommes qui consentent à être ainsi les martyrs de la gloire des autres? Du moins, dans tout un public, où il règne une si grande diversité d'esprits, je puis me représenter les lecteurs, qui, suivant la nature des ouvrages annoncés, suivant leurs caprices, se relèvent, pour ainsi dire, les uns les autres; en sorte que cet examen, déjà imposant par le nombre, peut devenir encore facile par la curiosité. Mais, dans ce tribunal si restreint de la critique, si même tout le fardeau ne retombe pas sur un seul, cet attrait de la nouveauté sera bien plutôt détruit par tant de nouveautés malheureuses. De là, ces examens superficiels, dont on s'efforcera de dissimuler la précipitation et le désordre par le luxe des accessoires, par le ton imposant de ses décisions. De là encore, et bien plus souvent, cette inaction profonde, ce silence superbe, jusqu'à ce que d'autres motifs que ceux de l'intérêt des lettres viennent déterminer ce tribunal littéraire.

Ici, me fesant jour, pour ainsi dire, à travers l'effrayante abondance que mon sujet présente, afin de ne m'occuper, pour le moment, que des effets de cette prévention, dont le peuple semblerait devoir être surtout le jouet; je demanderai si ce même peuple, étranger à toutes ces réputations de nos auteurs, comme à tous nos systèmes de littérature; qui ne voit dans un ouvrage que l'ouvrage lui-même, dans la vivacité de ses émotions, dans la naïveté de son ignorance, ne serait pas quelquefois plus près de la vérité, non-seulement que ces esprits audacieux, qui, en chargeant leur médiocrité d'un peu de science, ont ajouté bien moins à leur goût qu'à leur orgueil, mais même que beaucoup de nos écrivains les plus distingués de la capitale. Un préjugé, dans lequel ils se complaisent, c'est qu'un chef-d'œuvre littéraire est impossible dans les provinces; comme si, pour bien parler notre langue, le procédé le plus convenable n'était pas de nous régler sur ceux qui l'ont le mieux parlée; que, dès-lors, au point où nous sommes parvenus, la société des illustres morts ne dût pas nous dédommager de celle des vivans les plus illustres; que même les chefs-d'œuvre des uns et des autres ne fussent pas pour nous d'un plus grand secours que leur conversation, puisque leurs chefs-d'œuvre nous montrent la plus belle partie d'eux-mêmes, et que leur conversation nous les montrerait avec leurs négligences. Or, je suppose qu'un critique, dominé par un tel préjugé, s'arrête, par hazard, à l'examen d'un ouvrage supérieur, sorti de nos provinces. Comme, au milieu de cette foule importune d'auteurs obscurs, dont il est obsédé; dans son accablement, dans son impatience, dans son humeur, il doit nous faire craindre que le génie ne passe, comme voilé, à ses yeux, par le nuage de ses préventions, ou par le prestige de son orgueil! Ce résultat me semblerait même infaillible, si l'auteur était un autre Bossuet, à qui le hazard donnerait, pour juges, ces écrivains trop accrédités peut-être dans les classes élevées, je veux dire, ces esprits si froids, qui se jugent si fins; aveugles qui, à force de petites phrases, croient reproduire ou la grâce de Voltaire, ou la profondeur de Montesquieu. Dans leur délicatesse superbe, effarouchés de l'énergie des mouvemens et de l'étendue des périodes du nouvel orateur, ils le jugeraient d'abord d'après l'obscurité de son nom, comme ils pourraient bien ne juger de l'ancien que d'après sa gloire. Aussi fiers que s'ils possédaient tout le mérite qu'ils vantent, ils auraient l'air de soupirer après les perfections du grand siècle, devant l'homme qui les retracerait à leurs yeux, même sans aucun défaut. Ils condamneraient enfin le nouveau Bossuet au nom de Bossuet lui-même, devenant ainsi des juges iniques, parce qu'ils n'auraient pas su être des lecteurs passionnés; tandis que ce peuple, qui s'attache peu à distinguer l'antique et le moderne, mais qui, chose remarquable, est toujours sur la voie des grands mouvemens de la haute éloquence, vengerait, par ses transports et par ses larmes, les outrages faits au goût par leur froideur.

Que serait-ce maintenant, si j'insistais sur ce désordre, que la cupidité (1) naturelle à l'homme doit nous faire pressentir comme l'un des plus fréquens, ou même comme un perpétuel scandale; si je montrais cette libre circulation des éloges et des censures, remplacée par un honteux trafic, où paraîtraient, d'une part, (2) la mé-

(1) Ici revient une de ces idées que l'auteur écartait, lorsqu'il disait : » Ici, me fesant jour, pour ainsi dire, etc., etc.

(2) Dans les journalistes.

diocrité avide de s'enrichir, de l'autre (1), la médiocrité avide de s'illustrer ; tandis que l'on verrait gémir, dans la solitude, le génie trop pauvre pour payer sa gloire ! A un tel spectacle, ô vous âmes ardentes, qui professez tout ensemble le culte des lettres et de l'honneur, l'apparition d'un vengeur miraculeux, chassant ignominieusement de leur temple ces profanes qui le souillent, ne devient-elle pas, dans les vœux de vos cœurs indignés, dans le délire de votre douleur, comme le rêve de vos imaginations blessées? Et ne versez-vous pas des larmes amères sur cette institution, qui se présente d'une manière si séduisante d'abord, pour n'être plus qu'un nouveau moyen de prévariquer avec une arrogante sécurité?

Mais, pourquoi m'appesantirais-je sur tous ces détails, lorsque celui qui se place dans une position aussi extraordinaire pour juger les autres, doit, dès l'abord, prévoir que toutes les passions, que toutes les intrigues seront conjurées contre sa probité, contre son goût; en sorte qu'il rencontrera plus d'obstacles que personne, pour découvrir la vérité et pour la dire; que même, avec cette prétention de diriger l'opinion du public, à peine pourra-t-il en avoir une!

---

(1) Dans les auteurs.

Pouvons-nous du moins espérer de trouver, dans l'exercice d'un tel ministère, des hommes plus capables que beaucoup d'autres de résister à d'aussi fortes épreuves ; des hommes qui ne soient pas inférieurs en lumières à plusieurs des membres de ce nombreux tribunal du public, qu'ils prétendent éclairer? Mais non. L'écrivain d'un grand génie se condamne difficilement à interrompre ses travaux, pour juger ceux des autres; et l'écrivain d'un grand caractère vit ordinairement paisible, loin de tout ce choc des passions, qu'il craindrait d'exciter ou de ressentir; tandis que ces âmes vulgaires, que tourmente le sentiment de leur médiocrité, s'agitent sans cesse, pour suppléer au talent par l'intrigue. Ainsi, sans nous laisser aveugler par l'éclat de la critique contemporaine, nous devons présumer que ce seront, le plus souvent, des hommes incapables de se faire une réputation, qui, dans un journal, se chargeront de celle des autres; ou, ce qui est plus déplorable, des hommes qui, avec quelques talens, en profiteront pour nuire, dans une position plus avantageuse.

» Ecrivain de génie, qui sortez, pour la première fois, de votre retraite; qui n'avez d'autres titres à présenter qu'un chef-d'œuvre, le plus grand des obstacles, que vous aurez à vaincre, sera donc, presque toujours, cette critique-même, qui devrait les applanir ; cette critique, vouée, le plus souvent, au culte ou de la fortune, ou du pouvoir, ou des réputations déjà faites, si elle n'est pas elle-même sa première idole. Vous aurez à triompher et de sa paresse à examiner, et de ses préventions dans l'examen, et de tous les dédains et de tous les outrages qu'elle prodigue à l'homme inconnu. Et, lorsqu'elle vous aura fait subir ce supplice de son mépris, vous gémirez bien davantage, si vous parvenez à vous en faire connaître. Votre supériorité importunerait ses faibles yeux, provoquerait toute sa colère. Comme tous ceux qui arrivent à la gloire échappent ou menacent d'échapper à son empire, tyran farouche et timide, elle se retrancherait dans un silence obstiné. Si elle en pouvait sortir, ce serait surtout parce qu'elle croirait avoir trouvé quelques épigrammes bien piquantes. Son jugement serait une profanation, serait plus criminel que son silence-même. Une jouissance bien douce pour elle serait, sans doute, de livrer aux dérisions du public quelques-unes de ces pages malheureuses, qui vous seraient échappées dans le sommeil du talent. Mais si vous lui opposez partout une perfection désespérante, je crains bien que, dans une citation sacrilége, elle ne vous fasse pleurer sur votre chef-d'œuvre mutilé. Que dis-je! comme elle ne connaît que trop tout le

Difficu de se fa connaîtr de la cri que.

Danger s'en fa connaîtr

1.° Sile obstiné, moyen d critique louse.

2.° Acl nement faire sortir lement défauts.

3.° Bea défiguré

4.° Bea décrié avec aud

pouvoir d'une décision superbe et tranchante, d'une plaisanterie même vulgaire sur les têtes les plus fortes, elle osera, mais rarement, il est vrai, offrir, à ses lecteurs, ces beautés-mêmes qui l'épouvantent, afin d'en prévenir l'effet par le ridicule. La majesté de vos développemens oratoires ne sera que de l'emphase, la vigueur de votre argumentation que de la sécheresse. Vainement vous aurez voulu sortir de l'obscurité, en ne vous permettant rien qui doive y rester. Pour décréditer ces traits frappans et multipliés, par lesquels vous rappelez les grands maîtres, elle vous opposera jusqu'à ces pages, où ils ont cessé d'être grands. Elle vantera leurs négligences comme la grâce du génie, afin de présenter, chez vous, cette perfection soutenue, comme la contrainte de la médiocrité. Vous aurez à redouter jusqu'à ses éloges. Semblable, si je puis ainsi parler, à ce prince perfide (1), qui, à l'aspect d'une rivale importune (2), sut l'écarter du trône par un embrassement, elle viendra vous accorder, du ton de la bienveillance, toutes les qualités du second rang, pour que l'on soit tenté de vous refuser celles du premier. Et elle aimera bien mieux vous louer que de vous citer. Votre éclat pourrait

.° Eloges rfides.

(1) Néron.

(2) Agrippine.

faire trop vivement ressortir la faiblesse et de son style et de ses louanges. Elle pourra enfin vous accorder toutes celles que vous méritez. Mais elle se gardera de rien offrir qui les justifie, afin que, sans se compromettre pour l'avenir, elle puisse vous confondre, au moins pour le présent, avec la foule de ces écrivains médiocres, loués par elle-même sans mesure, parce qu'ils avaient payé ses éloges. Génie sublime, mais inconnu, voilà le monstre devant lequel vous serez condamné à vous humilier. A l'exemple du poëte invoquant les divinités infernales, lorsqu'il veut dévoiler les mystères de leur empire (1), il vous faudra sacrifier à cette furie, lorsque vous voudrez pénétrer dans ce brillant domaine des lettres, dans cet empire qui est le vôtre. »

6.e Atte tion à point ci ou à ne faire de tations c venables dansles é gesméri

Puisque cette critique, si aisée jusqu'à un certain point sans la passion, si dangereuse avec elle, doit être le plus souvent le refuge et comme le métier de ces hommes incapables de se distinguer dans les compositions originales; ne devons-nous pas prévoir qu'elle nuira autant à la littérature, en faisant paraître ses productions, qu'en étouffant celles d'autrui? Qu'attendre de la mé-

(1) Sit mihi fas ..... Sit numine vestro ...,

*Virgile.*

» Sit mihi fas *clarere*; tuo sit numine *laudes*

» *Et peperisse mihi* ...,

diocrité, travaillant pour un salaire, avec précipitation, sur un sujet commandé?

Supposons même cette censure exercée par l'homme le plus digne de dispenser la gloire. C'est-à-dire, replaçons-nous dans l'hypothèse où nous nous sommes complu d'abord à retracer les avantages que le grand critique doit produire. On considérera, peut-être, comme un résultat bien rare, qu'avec un beau génie il puisse se tromper, qu'avec une belle âme, il veuille tromper les autres. Cependant, les erreurs de l'esprît et les surprises de la vertu-même se répéteront plus fréquemment ici que partout ailleurs.

Erreurs l'esprit.

En effet, telle est d'abord la diversité des organisations, qu'il semble impossible qu'un bon ouvrage plaise même à tous les bons esprits. Ainsi, Buffon, l'un de nos plus grands prosateurs, n'était qu'un écrivain médiocre, au jugement de Condillac, l'un de nos plus grands philosophes. Ainsi, pour nous renfermer dans le même genre, Corneille avait mal apprécié Racine. Si donc un Corneille, un Condillac avaient eu à nous faire connaître, dans un journal, les talens d'un Racine, d'un Buffon, le seul résultat qu'aurait produit la supériorité de ces deux premiers génies, aurait été un plus grand obstacle à la vérité. Considération, qui, entre mille autres, doit nous faire sentir que, si c'est en général à un seul à faire un ouvrage, c'est à plusieurs à le juger ; que plus même le nombre des juges sera grand, plus il y aura de probabilité en faveur de la rectitude de leurs décisions ; en sorte que, par un enchaînement de conséquences invincibles, nous voyons toutes ces autorités de nos critiques tomber devant cette grande autorité du public, pour lequel en effet ont été produits tous les chefs-d'œuvre. Enfin, pour épuiser tous les jours désavantageux sous lesquels la critique peut s'offrir, même dans la supposition favorable que je viens d'admettre, combien de ces hommes estimables, qui, dans nos tribunaux civils, auraient fait l'héroïque sacrifice de l'amitié à la justice, et qui, sur ce tribunal de la critique littéraire, se croient obligés de louer l'auteur qu'ils aiment ; qui, dès-lors, se font presqu'un devoir de tendre des piéges à notre goût, tandis que leur premier devoir serait de préserver notre goût de tous les piéges ! Il est vrai que ces louanges données par l'amitié, comme ces autres louanges arrachées par l'importunité, ou surprises par l'adresse, ou même achetées par l'or, sont bien moins dangereuses qu'une critique injuste, par la raison que leur effet peut être de renvoyer l'auteur à son juge naturel, au public dont elles éveillent la curiosité, en lui promettant un chef-d'œuvre. Alors, ce juge un peu farouche détruit souvent, dans sa colère, cette frêle répu-

2.° Surp ses de vertu.

tation qui n'est plus qu'une imposture à ses yeux, et la médiocrité retombe de tout son poids dans l'obscurité dont elle n'aurait pas dû sortir. Je ne considérerai donc pas de tels éloges comme de graves inconvéniens, puisqu'ils peuvent offrir l'avantage de ramener le souverain naturel à l'exercice de sa puissance. Je ne m'occuperai que des obstacles qui résultent, pour le talent, du silence ou des outrages de la critique. Or, me dira-t on que le propre du grand talent est de triompher de tous ces obstacles, d'en recevoir même une nouvelle force, que c'est enfin au milieu de toutes ces luttes que la république des lettres doit surtout prospérer (1)?

Hélas! chez une nation plus avide d'une plaisanterie légère, que d'une discussion profonde, qu'un instinct de grandeur peut porter à honorer le mérite, mais qu'un fond de malice porte à le

(1) Toute cette partie du discours, consacrée aux inconvéniens, offre ces trois grandes divisions : 1.° les causes qui doivent entraîner la critique dans des écarts, surtout lorsqu'elle règne souverainement dans un journal; 2.° le grand ascendant qu'elle obtient par ce journal; 3.° les résultats désastreux, qui doivent en provenir. Un tel procédé est conforme à cette division logique : la cause, l'action, les effets. La marche progressive du discours n'est donc ici nullement arrêtée. L'objection actuelle ne sert qu'à la mettre dans un plus grand jour, en marquant plus nettement le passage à la troisième partie.

désoler dans ses triomphes-mêmes; et, afin de voir les choses de plus haut, parmi des êtres qui ne sont pas plus faits pour supporter toujours la perfection dans autrui, que pour l'admettre un instant dans eux-mêmes (1), tous ceux que la nature a distingués par des qualités éminentes doivent s'allarmer de leur supériorité-même : ils doivent se considérer, comme exerçant sur leurs semblables une royauté orageuse, exposée à des chances multipliées, à des catastrophes terribles. Et, sous ce point de vue, cette religion qui nous présente un Dieu victime des passions humaines, devrait, au moins, être envisagée, comme l'emblême d'une haute conception philosophique, par ceux-là mêmes, qui seraient assez aveugles pour n'y soupçonner qu'une grande erreur populaire. Que sera-ce, si cet esprit de révolte, qui tend à soulever le genre humain contre les êtres privilégiés, qui viennent lever sur lui ce tribut de l'admiration, est régulièrement entretenu, fomenté par une institution, dont le résultat le plus ordinaire est de transporter la puissance à la médiocrité, est de donner comme un tribun à

(1) » Je suis ennuyé de l'entendre toujours appeler juste, disait ce citoyen, en parlant d'Aristide. » Comme ce mot me révèle tout l'homme! Or, si nous pouvons être importunés d'une grande vertu dans les autres, combien plus le serons-nous d'un grand talent!

tout ce peuple que l'envie dévore ! Lorsque des hommes, qui, sous prétexte de venger le goût, outragent le génie, sans lequel les lois du goût seraient un code sans empire ; qui, par leur acharnement, s'efforcent d'éteindre, dans le jeune littérateur, avec l'espoir du succès, toute l'ardeur du travail, et d'enlever, au littérateur consommé, jusqu'à la conscience de son talent ; lorsque de tels hommes trouvent, dans un journal accrédité, le rapide véhicule de leurs opinions flétrissantes : sous les traits de cette censure, le grand écrivain isolé n'est-il pas dans le cas d'un guerrier sans armes, sous les poignards d'un lâche ; et toute la république des lettres, dans une position pire qu'un état corrompu par ses lois, opprimé par ses chefs ? Ignore-t-on ce que peut l'action long-tems continuée des causes les plus légères ? Ignore-t-on l'ascendant que l'écrivain le plus médiocre, mais qui rassemble toutes ses forces, peut prendre sur l'esprit le plus distingué, mais qui, soit modestie ou paresse, se réduisant au rôle de lecteur, fait rarement usage de toutes les siennes ? Dès-lors, sans admettre même l'effrayante supposition, qui placerait cette feuille publique entre les mains d'un écrivain supérieur et méchant, ne doit-on pas soupçonner que cette attaque journalière d'une censure envenimée peut miner à la longue, et faire enfin crouler et les opinions et les réputations les plus solidement établies ; qu'elle peut aller jusqu'à bouleverser toutes les doctrines littéraires d'un peuple ; surtout d'un peuple vif et léger, qu'un grand ouvrage effarouche et qu'un journal captive ? Je veux que de tels résultats soient mis au nombre des événemens les plus rares. Je veux même qu'il existe des hommes, d'un caractère aussi ferme que leur talent, qui aient besoin d'être ranimés par ces morsures de l'envie. Mais faut-il que leurs ouvrages soient déjà connus d'un assez grand nombre de juges éclairés, qui puissent, en les admirant, les venger. Et telle est la position de l'écrivain dramatique, même à son début. Celui-là, du moins, peut espérer de franchir toutes les barrières que lui opposent et la critique s'érigeant en puissance, et la puissance elle-même s'emparant du rôle de la critique (1). Secondé des acclamations de tout un peuple, il peut se frayer, comme de vive force, un chemin vers la gloire. Mais, dans les autres parties de la littérature, le premier crime de la critique peut être de s'opposer, pour toujours, à la publicité d'un bel ouvrage. Qu'elle refuse d'en parler, ou qu'elle en parle de manière à tout présenter sous un faux jour ; le public, qui, comme un souverain indolent, s'est dépouillé

(1) Allusion à Richelieu et à Corneille.

du fardeau de la puissance, s'empresse bien peu de réparer ou ce déni de justice, ou cette iniquité des jugemens. Par la plus étonnante des inconséquences, quoique le vœu général des hommes soit de jouir des plus belles productions de l'esprit; que, dès-lors, l'écrivain distingué dût avoir, du parti de son génie, la presque totalité de son espèce : cependant, nous laissons se débattre, sans nous, cette cause où nos plaisirs ne sont pas moins intéressés que sa gloire. Et il est rare que l'écrivain, qui a succombé dans cette première épreuve; que l'écrivain, qui n'a pu parvenir à être connu du public, le soit même du petit nombre qui l'entoure. On est disposé à penser que celui qui n'a pas obtenu la gloire ne l'a pas méritée. On admire moins, lorsqu'on admire seul. L'ami, dans son enthousiasme, soupçonne qu'il peut être séduit par le zèle. L'ennemi, dans son acharnement, ne soupçonne pas jusqu'à quel point il peut être aveuglé par la haine. Mais, si le malheureux est entouré de ces hommes, qui aspirent aussi à un nom dans les lettres; alors, non-seulement les ennemis, mais tous ces amis vulgaires rendent grâce à la critique, qui est venue étouffer cette lumière trop voisine de leurs yeux malades. Déplorable disposition des esprits! Il faut que la voix de la renommée vienne souvent nous révéler le mérite de l'homme placé près de nous ; et cette gloire, qu'il serait si doux, pour l'homme de lettres, de tenir d'abord des mains de l'amitié, lui vient presque toujours comme un présent de l'étranger. Ainsi, bien loin que l'auteur, qui n'a pas obtenu d'abord de la critique une justice éclatante, puisse être secondé par ceux qui l'entourent, pour conquérir, de proche en proche, les suffrages du grand nombre, il aurait besoin alors des suffrages du grand nombre, pour triompher des obstacles qu'il rencontre dans ceux qui l'entourent. Il est comme arrêté par une double barrière. Le public en croit un seul, et chacun finit par en croire encore le public ; en sorte que ce despotisme d'un seul se fortifie de tout l'ascendant qu'il pourrait obtenir du jugement de tous. De quoi sert alors à l'écrivain toute l'énergie de son âme ? Comme ces animaux terribles, accablés sous des chaînes, il ne sent plus sa force, que pour mieux sentir sa misère. Ce beau talent, qui se serait développé au grand jour, sous la douce influence de la faveur publique, privé de son aliment naturel, languit et meurt dans l'obscurité.

Quant au chef-d'œuvre, par lequel il aura voulu se faire connaître, on peut prononcer que ce sera un trésor perdu pour la postérité. De même que cette faction active des critiques, dont l'unique affaire est de juger les auteurs, ou de paraître les juger, les condamne rarement, sans obtenir le suffrage ou plutôt la croyance d'un public, que tant d'autres affaires captivent; de même, dans cette succession des âges, comme dans les centuries à Rome, la première génération entraîne presque toujours le jugement des suivantes, surtout lorsqu'elle a condamné. Et en effet, au milieu de tant d'ouvrages nouveaux, à la lecture desquels à peine nous pourrions suffire, irions-nous procéder au jugement de tant d'autres, déjà flétris à nos yeux par les censures ou par le silence des contemporains? Les siècles, qui se succèdent, toujours plus riches en chefs-d'œuvre, deviennent toujours plus indifférens pour ceux qu'on a pu méconnaître. Ils arrivent enfin aux dédains, à la satiété de l'opulence. Aussi, ce prodige d'un Milton trouvant un Adisson deviendra toujours plus rare.

Me dira-t-on que, dans l'absence de ce tribunal prévaricateur, l'écrivain nouveau aurait eu à combattre peut-être de plus grands obstacles; parce qu'il aurait trouvé, dans le public, la même envie, et une plus grande ignorance? Mais il n'aurait pas eu à combattre l'envie armée (1) d'une sorte de puissance. Mais, il l'aurait trouvée bien moins vive dans cette nombreuse portion du pu-

---

(1) Par un journal.

blic, étrangère aux prétentions d'auteur; dans cette portion, disons-le, qui condamne en général sans amertume, comme elle jouit sans reconnaissance. Mais l'ignorance si grande que peut opposer le peuple, est cette ignorance timide, qui attend ou reçoit l'impulsion, et non cette ignorance présomptueuse, qui, dans un critique, la prépare ou la donne. Mais, plusieurs hommes, enfin, auxquels on n'aurait pu reprocher ni l'ignorance, ni l'envie, plusieurs hommes placés hors de l'influence de tant d'autres causes d'erreur, qui viennent assaillir le critique, au lieu de se soumettre aveuglément à sa décision, auraient travaillé à s'en former une; en sorte que cet infortuné, immolé, pour ainsi dire, dans les ténèbres, par un tribunal inique, aurait été jugé, d'une manière, il est vrai, désordonnée et lente, non plus d'après les caprices d'un seul, mais d'après les lumières de plusieurs. Il aurait été jugé, comme le poëte dramatique sur nos théâtres, comme l'orateur au barreau. Ou, si personne ne l'avait lu, le silence de tous n'aurait été une présomption pour personne; tandis que, dans cette institution de la critique, le silence d'un seul devient si souvent une présomption pour tous.

Le résultat de cette partie de mon discours n'est pas de diminuer notre confiance dans les ouvrages depuis long-tems admirés, dût une feuille publique avoir donné le signal de l'admiration; mais, de diminuer notre indifférence pour les ouvrages, qui, repoussés par une feuille publique, n'ont pu parvenir à se faire connaître. La gloire des premiers n'a rien que de respectable, puisque l'opinion constante du grand nombre a confirmé la décision du critique. L'obscurité des seconds n'a rien d'humiliant, puisque la décision du critique, suspecte à tant d'égards, n'a pas été confirmée par l'examen du grand nombre, qu'elle l'a même empêché.

Au lieu d'être arrêté à son début, cet écrivain, d'un caractère impétueux et fier, est-il attaqué dans l'éclat de ses triomphes? Si je ne considère que les inconvéniens d'une telle supposition, de même que je n'en ai considéré d'abord que les avantages, voici les résultats qui se découvrent à moi. Cet homme ardent renonce à ses grands travaux, pour exhaler sa haine dans ces sortes d'écrits, qui offrent rarement l'intérêt du sujet, du moins à la postérité. Rarement aussi il y supplée par l'intérêt du style. Comme il songe plus à blesser qu'à plaire, son énergie n'est plus que rudesse. La grâce de son style s'évanouit dans sa rage. Tout ce que la nature lui a donné de force et d'élan, toute cette flamme du génie se tourne contre lui-même. Il est comme foudroyé par ce feu céleste qu'il n'a pas su diriger. L'ignorance sourit à un tel spectacle. Elle triomphe à l'aspect de ces hommes qui ne se servent de leur esprit, que pour tourmenter les autres et pour se tourmenter eux-mêmes, d'une manière non pas même plus raffinée, mais plus vive et plus durable; et, au lieu de la gloire des lettres, elle n'en voit que l'opprobre.

Comme tous ces inconvéniens s'aggravent, lorsqu'après de grandes catastrophes politiques, cette censure littéraire est exercée par ces âmes haineuses, sous l'influence desquelles tout se corrompt et s'aigrit! Qu'on se rappelle ces circonstances pénibles, où la littérature n'était plus, il est vrai, sacrifiée à la stupide rage des dissentions civiles, mais où l'animosité des dissentions civiles semblait avoir pénétré dans la littérature. Combien de fois le paisible lecteur, qui, après tant de bouleversemens, s'adressait aux lettres, autant pour reposer son âme que pour éclairer son goût, ne se voyait-il pas reporté au milieu des lugubres scènes qu'il voulait fuir! Combien de fois ne se sentait-il pas dominé et comme blessé de nouveau par toutes ces haines politiques qu'un critique célèbre (1) n'éprouvait jamais plus fortement peut-être, que lorsqu'il en gémissait d'une manière si solennelle; lorsqu'égaré loin de

(1) La Harpe.

son sujet, il épuisait un reste de chaleur à relever, dans les autres, des écarts où il était tombé lui-même, et, par la violence de ses invectives, reproduisait une partie des maux qu'il déplorait : condamné à n'offrir, dans ses éternelles complaintes, ni l'intérêt du malheur, puisqu'il se lamentait, avec tant de faste, sur des événemens qu'il avait jusqu'à un certain point provoqués ; ni le mérite du courage, puisqu'il ne tonnait contre la tyrannie des factions que sur leur tombe ; ni même ces convenances du goût, dont il voulait tracer les lois, puisque, devant un auditoire d'avance persuadé, se déchaînant sans mesure contre ces mêmes opinions qu'il avait soutenues sans prévoyance, il allait démontrer longuement les horreurs d'une révolution à ses victimes, et, en quelque sorte, les calamités de la guerre à des vaincus!

Si une censure acharnée peut égarer l'imagination des âmes ardentes, elle peut éteindre celle des âmes tendres. Combien de ces écrivains qui souffrent plus des critiques, qu'ils ne jouissent des éloges! Livrez-leur des attaques multipliées. Ils se défient enfin de leurs forces, hésitent, remplacent la grâce des mouvemens par la gêne des manières, et, toujours occupés à ne rien se permettre de bizarre, ils ne rencontrent rien de sublime. Telle est même cette sensibilité, qui les livre, sans défense, aux traits de la censure, que le premier trait peut suffire pour déconcerter, pour arrêter en eux tout l'œuvre de l'intelligence. Qu'au milieu des faciles épanchemens de cette âme heureuse, qui s'abandonne à toute sa force, surviennent les clameurs d'une critique jalouse, qui présente ses chefs-d'œuvre, comme des ridicules, et sa gloire, comme une illusion populaire; à l'instant, chez elle, l'essor de la pensée se réprime; les trésors qu'elle allait nous prodiguer, dans sa joie, se dérobent à elle-même, dans sa tristesse. Frappée d'une stérilité subite, elle se cherche vainement elle-même. Le monstre de l'envie a tout flétri de son souffle. Ainsi, le critique haineux, qui attaque son talent, le détruit; de sorte que, dès l'abord, si je puis parler ainsi, il la désarme.

Cette susceptibilité de plusieurs écrivains recommandables est un défaut, sans doute, mais qui ferait de la justice rigoureuse un plus grand défaut dans leurs juges, puisqu'en voulant relever une faute, sans aucun ménagement, nous pouvons faire avorter un chef-d'œuvre. Nous sommes donc arrivés à ce résultat, que, sans une grande réserve, la critique peut être funeste, lors même qu'elle est juste.

Enfin, on m'objectera peut-être, qu'au milieu de tous ces maux produits par la critique, la république des lettres doit être toujours envisagée sous l'influence de cet esprit conservateur, qui, dans notre système social, se développe à son tour, à la suite des ravages de l'erreur ou des passions, et reprend, sous son empire, les parties qui allaient succomber, ou les reproduit, après leur chute, avec une sorte de triomphe; sauvant le pouvoir des attentats de la licence, ou la liberté des envahissemens du pouvoir. Je l'avouerai, le critique, d'un acharnement trop marqué, doit craindre que le glaive de la satire ne s'émousse dans ses mains. Plus même nous croirons alors à son esprit, moins nous croirons à ses jugemens, parce que nous penserons qu'il ne se servira de son esprit, que pour donner une apparence de raison à ses jugemens. Mais outre que, dans les lettres surtout, le méchant ne connaît que trop ces tempéramens perfides, où, pour mieux nuire, il en dissimule le désir, une considération frappante vient au moins affaiblir l'objection qu'on m'oppose; c'est qu'il s'en faut beaucoup que nous soyons affectés à la vue du talent qu'on outrage, comme à la vue de l'innocence qu'on opprime. L'homme de lettres est celui dont nous plaignons le moins les disgrâces, parce que nous supposons qu'une méprisable vanité peut seule le rendre sensible à ses disgrâces; peut-être encore, parce que le vulgaire, se rendant intérieurement justice, ne se sent point appelé à des malheurs aussi relevés, si je puis le dire, et qu'en général nous n'éprouvons jamais une sensibilité plus vive pour les maux d'autrui, que lorsque nous sommes dans le cas de les craindre un peu pour nous-mêmes. Nous allons jusqu'à considérer toutes ces calamités de l'homme de lettres, comme des incidens propres à piquer notre curiosité, à diversifier nos plaisirs. Nous jouissons tout ensemble de ses chefs-d'œuvre et de ses larmes. C'est même, au milieu de ces humiliations sans cesse renaissantes, où toute la sensibilité qui aurait animé le talent, se tourne contre le talent-même, c'est alors que nous demandons au génie ses plus beaux développemens; semblables à ce peuple barbare qui voulait que ses gladiateurs mourussent avec grâce.

Ainsi, puisque cette censure littéraire, que je suppose toujours régner, sans partage, dans nos feuilles publiques, doit être le plus souvent emportée, loin du but qu'elle annonce, par des causes multipliées, que sa position-même rend plus actives; que, dès-lors aussi, elle doit être le plus souvent funeste, aux talens nouveaux qu'elle retient dans l'obscurité; aux écrivains énergiques, qu'elle pousse à des écarts par la colère; aux écrivains timides qu'elle réduit à l'inaction par le désespoir; au public qu'elle égare par ses décisions, ou qu'elle scandalise par ses débats ; que, bien loin même d'être arrêtée par la perspective de ses propres excès, comme le pourrait être une magistrature violente, dans l'ordre politique, elle trouve une puissante auxiliaire, dans cette malignité naturelle au cœur de l'homme ; qu'un monde frivole est toujours prêt à provoquer ses attaques, si elle sait, pour ainsi dire, poignarder avec grâce, en sorte que, cette même finesse d'esprit, qui, dans un peuple éclairé, la rend moins nécessaire, dans un critique corrompu, la rend plus dangereuse : concluons, que ce tribunal étrange, dont les crimes sont abandonnés à l'opinion par les lois, tandis que son premier crime est de la séduire, ne peut être généralement, parmi nous, même dans sa plus grande prospérité, qu'un brillant abus, dont la défense du goût est le prétexte, la malice humaine l'aliment, la dégradation des lettres le résultat.

Mon vœu serait-il donc de détruire la critique ? Non ; mais, si je puis le dire ainsi, de la détrôner. Qu'en marquant les places, dans la république des lettres, elle n'en prenne pas une que la nature de cette même république repousse. Que nos feuilles publiques, au lieu de nous transmettre ses arrêts sur les ouvrages nouveaux, se bornent à nous les annoncer, comme ces ouvrages eux-mêmes : ou, si elles nous les transmettent, qu'elles nous communiquent aussi des fragmens du choix de l'auteur, détachés non-seulement des ouvrages qu'elle a jugés, mais de ceux qu'elle n'a pas voulu juger, afin que le public puisse aisément apprécier, non-seulement ses décisions, mais même son silence. C'est-à-dire, ou qu'elle descende sur la même ligne que les auteurs; ou qu'elle consente à les voir se placer près d'elle. Et même, dans cette seconde supposition, plus favorable encore, que la précédente, à la cause des lettres, je désirerais que l'auteur osât se juger. Les écueils d'une pareille tâche deviendraient sur l'heure autant d'épreuves. S'il était sans talent, et qu'on ne lui opposât pas même ce contre-poids de la critique; tout cet ensemble de citations et de jugemens, peu dangereux pour le goût dans un siècle de lumières, pourrait encore être attrayant pour la curiosité ou piquant, du moins, pour cette malignité, que les ridicules amusent. Il en résulterait un de ces délassemens, auxquels ne sont point insensibles les esprits les plus austères. S'il offrait des talens distingués, ce même ensemble de citations et de jugemens servirait, non-seulement de frein, mais de supplément à cette critique de nos jours, qui, dans ses brillans articles, lors-même qu'elle est juste, dédaigne trop de nous en convaincre, parce qu'elle cherche bien moins à faire paraître l'auteur, qu'à paraître elle-même.

Dans cette nouvelle disposition, le public, éveillé par l'intérêt d'un combat, où les armes seraient enfin égales, observerait, avec une curiosité plus vive, et les auteurs et la critique. Cette critique, condamnée à une plus grande réserve, ne deviendrait moins puissante que pour devenir meilleure. Ou, si elle restait injuste, les écrivains distingués n'auraient plus tant à gémir d'être outragés à la vue du public, puisque c'est à la vue de ce public, qu'ils pourraient à l'instant se défendre. De brillans extraits de l'ouvrage calomnié, circulant, à la suite de l'outrage, viendraient chercher ce lecteur, qui n'aurait pas daigné chercher l'ouvrage lui-même. Dès leur début, tous les talens de la littérature se placeraient sur un grand théâtre, à côté même de cette critique rugissante, bien au dessus de cette foule obscure, si ardente à retenir, dans ses rangs, tous ceux qui veulent en sortir. Cette guerre, à laquelle ils doivent s'attendre, dans tous les systèmes, de la part de l'ignorance, des passions haineuses, de l'envie, serait mise, pour ainsi dire, sous des lois. La critique, cessant d'être un juge qui les protège, deviendrait un ennemi qui les exerce, et non une puissance qui les écrase. Pour que l'on puisse donc apprécier, d'un coup-d'œil, tout l'espace que nous avons parcouru et la direction que nous avons suivie, que l'on supprime, par la pensée, cette partie littéraire de nos journaux; les écrivains, surtout à leur début, gémissent dans une sorte d'anarchie : qu'elle reste ouverte à la critique seule, ils sont sous un despotisme, pire cent fois que l'anarchie-même; qu'elle leur soit aussi ouverte, alors, dans une combinaison, où le public, où la critique, où les auteurs exercent tous leurs droits, il se forme comme un gouvernement régulier, qui n'offre plus que les inconvéniens inséparables de notre humanité. C'est donc de l'accord, ou plutôt du conflit de plusieurs parties que résultent quelques-uns, du moins, des avantages, que d'abord nous cherchions dans une seule. Lorsque nous représentions cette critique, veillant sur les intérêts des lettres, sans aucune concurrence avec les auteurs, nous élevions, en quelque sorte, un trône, qui, pour les intérêts-mêmes des lettres, devait rester presque toujours vacant. Les mêmes imperfections de l'esprit et du cœur, qui nous avaient fait sentir le besoin de la critique, nous ont fait sentir bien davantage la nécessité d'opposer une barrière à sa puissance. Cette barrière, nous l'avons vu, est dans la prompte et libre intervention des auteurs, se défendant sous les yeux du public, qui, sans doute, n'a pas l'infaillibilité en partage, mais qui, lorsqu'il persévère avec constance dans les mêmes jugemens, doit être censé l'avoir. Comme s'il fallait que, jusqu'au dernier moment, des similitudes, puisées dans l'ordre politique, vinssent éclairer ou agrandir cette discussion; c'est ainsi que, dans la formation des sociétés, tant de peuples ont considéré l'autorité absolue d'un seul, comme l'unique remède à la turbulence de tous, et que plusieurs, fatigués des ravages de cette autorité elle-même, ont trouvé, dans leur intervention régulière, sa plus belle limite. Ici je sens que j'ai épuisé toutes les combinaisons de mon sujet; et il m'est doux de découvrir, pour dernier résultat, qu'avec une modification légère, en apparence, l'institution la plus désastreuse pour les lettres deviendrait la plus salutaire.

L'importance, que j'ai mise à une telle discussion, ou plutôt, que j'ai trouvée à un tel sujet, étonnera sans doute et ces critiques frivoles, qui veulent être malins, qui l'annoncent même à la tête de leurs feuilles (1), oubliant que c'est là ce qu'il faudrait le moins tâcher, et ces raisonneurs plutôt bornés qu'austères, qui toujours re-

(1) N'ai-je pas vu, à l'une de nos feuilles publiques, cette épigraphe ? » Un journal sans malice, est comme un vaisseau » démâté. Les corsaires-mêmes ne lui rendent pas le salut. »

cherchent froidement l'utile dans l'agréable, comme si, dans nos institutions humaines, l'agréable n'était pas souvent par là-même utile. Esprits légers, qui, en attaquant ce que vous appelez la vanité de l'homme de lettres, croyez ne plaisanter qu'un travers dans nos mœurs ; esprits farouches, qui, en attaquant cette république des lettres elle-même, croyez ne proscrire qu'un luxe dans nos institutions ; voyez enfin, sous leur vrai jour, ces mêmes objets, qui, s'offrant de loin en loin à ma pensée, m'ont soutenu dans ce travail, de même que les magnifiques points de vue d'une route pénible raniment, comme par enchantement, le voyageur fatigué.

Je l'avouerai donc. Cette gloire, poursuivie avec tant d'ardeur, non-seulement par l'homme de lettres, mais par tant de grands hommes, dans tous les genres, s'évanouit, en quelque sorte, aux yeux de celui qui, après avoir envisagé tous les efforts de l'espèce humaine s'agitant sur ce globe, vient à comprendre, dans sa pensée, l'universalité des siècles et des êtres. Mais, s'il n'est fortement soutenu lui-même par cette religion austère, qui vient foudroyer, du même coup, l'orgueil et les plaisirs, qu'il se hâte de sortir de ce point de vue désolant, où son âme désenchantée serait livrée, sans défense, au hideux empire de l'intérêt personnel ; situation terrible, qui ne détruirait alors le prestige de la gloire, que pour accroître celui des voluptés. S'il existe un homme qui puisse la dédaigner et faire le bien, sans ces hautes considérations d'un avenir éternel; qu'au nom de ce bien même, il la respecte, dirai-je, comme une seconde religion. Or, j'en vois surtout le temple dans ce sanctuaire, où brille le flambeau des lettres et des sciences. Qui n'a pas élevé jusques-là ses regards, est bien loin d'avoir saisi tout le système de nos sociétés politiques. Oui, lorsque le législateur va jusqu'à demander des vertus à l'orgueil, et s'attache à faire sortir du jeu des passions l'harmonie des empires; lorsqu'il affermit si audacieusement son ouvrage, au milieu de ces précipices-mêmes, qui menacent de l'engloutir, en sorte que nous pourrions retrouver comme une image des conceptions de son génie, dans l'instinct si hardi de ces êtres qui suspendent leurs demeures sur les abîmes et dorment au milieu des tempêtes: alors tout ce qui peut concourir et à la solidité et à l'éclat de cet édifice social, ne se montrerait pas à nous, dans son ensemble, si nous n'appercevions, dans une douce lumière, cette république des lettres, payant les guerriers par la gloire; consolant les peuples du déclin de cette gloire militaire, par une autre plus appropriée à nos vraies destinées; arrachant cet aveu de sa supériorité à ceux-là mêmes, que l'on pourrait croire les moins disposés à la reconnaître, puisque souvent, lorsque tout a succombé, elle devient, pour les vaincus, la plus imposante recommandation auprès d'un superbe vainqueur : puissance auguste, qui agit sans appareil et gouverne sans contrainte; qui, en opposant l'esprit à la force, a produit la société; qui même, dans la supposition terrible de quelque nouveau ravage de la tyrannie ou des barbares, de quelque catastrophe inouïe parmi les hommes, se présenterait, comme le dernier et brillant refuge où la civilisation mourante rallumerait son flambleau.

*Fait à Marseille, dans les derniers mois de l'an 1814.*



Nota. L'auteur se propose de publier, sous peu, un petit traité *sur la manière dont les écrivains doivent se comporter dans les jours de tyrannie*, un discours *sur un homme d'état célèbre*, etc., etc.

www.ingramcontent.com/pod-product-compliance
Ingram Content Group UK Ltd.
Pitfield, Milton Keynes, MK11 3LW, UK
UKHW020434180726
13839UKWH00003B/1492